Queridos amigos roedores,
bienvenidos al mundo de

Geronimo Stilton

GERONIMO STILTON
RATÓN INTELECTUAL,
DIRECTOR DE *EL ECO DEL ROEDOR*

TEA STILTON
AVENTURERA Y DECIDIDA,
ENVIADA ESPECIAL DE *EL ECO DEL ROEL*

TRAMPITA STILTON
PILLÍN Y BURLÓN,
PRIMO DE GERONIMO

BENJAMÍN STILTON
SIMPÁTICO Y AFECTUOSO,
SOBRINO DE GERONIMO

Geronimo Stilton

UN DISPARATADO VIAJE A RATIKISTÁN

DESTINO

El nombre de Geronimo Stilton y todos los personajes y detalles relacionados con él son *copyright*, marca registrada y licencia exclusiva de Atlantyca SpA. Todos los derechos reservados. Se protegen los derechos morales del autor.

Textos de Geronimo Stilton
Ilustraciones y cubierta de Larry Keys
Diseño gráfico de Merenguita Gingermouse

Título original: *Un camper color formaggio*
© de la traducción: Manuel Manzano, 2003

Destino Infantil & Juvenil
destinojoven@edestino.es
www.destinojoven.com
Editado por Editorial Planeta

© 2000 - Edizioni Piemme S.p.A., Via Galeotto del Carretto 10 - 15033 Casale Monferrato (AL) – Italia
www.geronimostilton.com
© 2003 de la edición en lengua española: Editorial Planeta, S. A.
Avda. Diagonal, 662-664, 08034 Barcelona
Derechos internacionales © Atlantyca S.p.A. - via Telesio 22, 20145 Milan, Italy - foreignrights@atlantyca.it

Primera edición: septiembre de 2003
Duodécima impresión: febrero de 2009
ISBN: 978-84-08-04910-4
Depósito legal: M. 3.222-2009
Fotocomposición: Víctor Igual, S. L.
Impresión y encuadernación: Brosmac, S. L.

Impreso en España - Printed in Spain

Stilton es el nombre de un famoso queso inglés. Es una marca registrada de la Asociación de Fabricantes de Queso Stilton. Para más información: www.stiltoncheese.com

¡SEÑOR STILTON, TENGO QUE HABLAR CON USTED!

Aquella mañana llegué a la oficina de muy buen humor...

– *¡Hop!* –exclamé, lanzando el sombrero al perchero.

– *¡Jolé!* –añadí, quitándome al vuelo la gabardina.

– *¡Ea!* –concluí, agarrando una taza de café al vuelo.

–¡Señor Stilton, *tengo que hablar* con usted! –exclamó mi secretaria intentando detenerme.

Yo tenía ya la pata en el pomo de la puerta, y la *abrí...* y vi que en mi escritorio había alguien sentado.

TORCUATO REVOLTOSO

Acomodado en (**mi**) escritorio como si los hubiesen construido juntos, encajonado en (**mi**) sillón como si lo hubiesen atornillado al respaldo, agarrado a (**mi**) ORDENADOR, con una pata pegada a (**mi**) teléfono y la otra clavada en (**mi**) agenda...

...había un ratón no gordo sino más bien **grueso**, con el pelaje gris plata, las cejas como matojos y una gafitas de acero que le brillaban sobre la

punta del hocico. ¡Mi abuelo! ¡Era mi abuelo, Torcuato Revoltoso, llamado **TANQUE**, el fundador de la editorial!

–Ejem, abuelo... –chillé–, ¿cómo va todo?

¿CÓMO QUIERES QUE VAYA?

–¿Cómo quieres que vaya? –replicó él–. ¡Tengo cosas que hacer, estoy trabajando! –refunfuñó.

Después pegó la boca al teléfono y se puso a gritar (probablemente dejando sordo al desventurado del otro lado del hilo):

–Sí, muchacho, *tres*, ¡he dicho tres! ¡Tres, t-r-e-s! ¡Tres! ¡Treees! *¡T-r-e-s!* Tienes que imprimirme **3** millones de guías turísticas de Ratikistán, así que espabila, ¡he dicho tres, tres, tres! *¡Treeeeeeeeeeeees!*

¡**T** de **Te lo digo yo!**

¡**R** de **Rapidito y no te hagas el listillo!**

¡**E** de **Estás tardando ya!**

¡**S** de **Si no empiezas ahora mismo me vas a oír!**

Torcuato Revoltoso, llamado Tanque...

Acto seguido soltó una carcajada:

–Muchacho, desatáscate las orejas, ¿es que las tienes *llenas de queso*?

El pobrecillo le respondió algo.

Y el abuelo voceó al auricular como si quisiese devorarlo:

–*¡NI EN SUEÑOS!* –Después aplastó el auricular contra el teléfono y refunfuñó–: *UFFF*, ya no hay impresores como los de antes.

Tragué saliva y dije con un hilillo de voz:

–Abuelo, ¿qué haces aquí? Perdona si me estoy entrometiendo, pero ¿qué vas a hacer con tres millones de guías turísticas de Ratikistán?

Él me ignoró y se puso a hojear unos folios sobre (*mi*) escritorio, garabateando con (*mi*) bolígrafo en (*mi*) agenda hasta que soltó:

–*¡Todo a la porra! ¡A volver a empezar!*

En ese instante entró (*mi*) secretaria con un contrato (*para mi*).

Él chilló todavía más fuerte (tanto que entre los incisivos le entreví las amígdalas):

–*¡A la porra! ¡Todo a la porra! ¡A volver a empezar!*

Agarró el contrato, lo arrugó e hizo una bolita. Luego, con un brinco más felino que ratonil, saltó sobre el escritorio y con un pequeño **palo de golf** metió de un golpe la bolita de papel dentro de la papelera.

–Soy bueno, ¿eh? –se rió, guiñándome un ojo.

(Mi) secretaria y yo lo miramos desconcertados.

–¡Crisis, hay crisis en el sector editorial! –soltó él.

–¡Abuelo, la editorial va *MUY BIEN*! –intenté protestar.

Frunció el entrecejo, y aún se le enmarañó más.

–*Ja, jaa, jaaa...* –rió con malicia–.

Nieto, no vengas a explicar**me** si hay o no hay crisis. Creo que si alguien lo sabe soy yo, ¿no? **YO** fundé la empresa...

Ja jaa jaaa...

Yo le rebatí, exasperado:

–¡Abuelo, todo va bien! ¡Confía en mí!

El abuelo levantó el índice y lo *agitó* en el aire de derecha a izquierda, y luego de izquierda a derecha.

–¡*Ja, jaa, jaaa!* ¿Nieto, ves el dedo? ¡**No**, **no** y **no**! ¡**No**, **no** y todavía más **no**! ¡No me fío de nadie! ¡De nada ni de nadie! Así he conseguido crear la empresa, **mi** empresa... (**mía**, no tuya) –concluyó, haciendo con la pata un gesto solemne.

–Pero abuelo –intenté que razonara–, ¡hace

veinte años que me dejaste dirigir la empresa!

Él agarró (**mi**) agenda y empezó a hojearla con aire atareado.

–¡Ahora basta, nieto! ¡Tengo cosas que hacer! ¡Mira cuántas citas! –**chilló**.

–¡Pero abuelo! –protesté–, ¡esas son **mis** citas!

En ese instante **sonó** el teléfono.

RIIIINGGG
RIIIINGGG

Ambos nos lanzamos a responder, pero él fue **más** rápido.

–¿Con quién quiere hablar? ¿Con Geronimo Stilton? ¿Mi nietecito? Hable conmigo, soy su abuelo y desde hoy me ocupo yo de *esto*, sí, de la editorial –declaró contento.

Yo bramé RAbioSo:

¡Abuelo!

¡Ya no soy tu nietecito!

–¿Por qué? ¿Has cambiado de abuelo? –se rió él.

Después me lanzó una mirada de compasión:

–Pobre Geronimo, no es culpa tuya si no puedes seguirme. ¡Claro, tu *cerebrito* es como es! ¡Desgraciadamente, la genialidad no siempre es hereditaria!

PERO ¿ESTÁS SEGURO DE QUE ERES MI NIETO?

Yo le pregunté:

–Antes he oído que hablabas de guías turísticas, pero no he entendido bien...

Él sacudió la cabeza con gesto de indulgencia.

– **¿No lo has entendido?** No me sorprende...

Yo precisé, molesto:

–Quiero decir: no entiendo para qué sirve una guía turística de Ratikistán. No querrás imprimir *tres* millones de ejemplares, ¿verdad?

Él meneó la cabeza:

–Qué pena que no lo entiendas (pero ¿estás seguro de que eres mi nieto? No te pareces nada a mí, nada de nada). De todas maneras, no puedo pretender que todos sean tan *despiertos* como un servidor. ¡Despierta, despabílate muchacho! –me incitó AGITANDO un mapa bajo mis narices.

–¿Qué es eso? –tartamudeé yo cogido por sorpresa.

Él sonrió con malicia y me hizo otro pase del mapa por el hocico. Esta vez lo entendí: era un mapa de Ratikistán.

–¡Despierta, despierta, despiertooooo, nieto! –gritó, y añadió con expresión de listillo–: Me he dado cuenta (¡es que soy un genio!) de que no existen guías turísticas de Ratikistán.

»¡Ah, Ratikistán! ¡Un lugar remoto que nadie conoce, un sitio donde aún no existe el turismo! ¡Piensa, nieto, cuántas guías podríamos vender! –Luego chilló a voz en grito, haciéndome saltar –: ¡Tres millones de ejemplares! ¡¡¡Y preveo una reedición tras otra!!!

Yo le repliqué desconcertado:

–Abuelo, no existen guías turísticas de Ratikistán porque la temperatura es de **cuarenta grados bajo cero**. Nadie va a Ratikistán, nadie, ni siquiera los pingüinos (que, de hecho, están en el Polo Sur)...

¡QUESITA MÍA!

En aquel instante se abrió la puerta del despacho y entró mi hermana, **Tea Stilton**, la enviada especial del **periódico**. ¿La conocéis? ¿Nooo? ¡Benditos vosotros!

Os la describiría, si fuese posible describirla, pero, ay de mí, temo que las palabras no sean suficientes. **Tea** vio al abuelo y exclamó:

–¡Abuelo! ¡Abuelito mío!

Él en seguida exclamó a su vez, con lágrimas en los ojos:

–¡Tea! ¡Teúcha! ¡Nietecita! ¡QUESITA MÍA! ¡Sangre de mi sangre! ¡Harina de mi costal! ¡Mi quesito de bola! El único consuelo de mi vida (no como mis otros nietos).

Ella sonrió dulcemente y
hacia el abuelo.
Él me la señaló con orgullo.

revoloteó revoloteó revoloteó revoloteó

–¿Ves a tu hermana, Geronimo? ¿La ves?
–Luego dijo conmovido–: ¡Ella sí que es
una roedora hecha y derecha (no como mis
otros nietos)! –Y continuó–: ¿Dónde has
estado todo este tiempo,
querida nieta?
¿Eh? Díselo, díselo
a tu abuelo que
tanto te quiere.
Ella se pavoneó:
–Acabo de lle-
gar de la
PLAYA, de las
Islas del Sur...
¡parece que

Acabo de llegar de la playa

este año se pondrán de moda los colorines para los trajes de baño! **NARANJA, ROJO, VERDE FLUORESCENTE...**

El abuelo asintió, con lágrimas en los ojos.

–Tú sí que tienes talento (no como mis otros nietos).

Yo me ACLARÉ la voz.

–Ejem –me aventuré **tímidamente**–, a mí también me hubiese gustado ir a las Islas del Sur...

El abuelo me miró severamente y **agitó** el

dedo en el aire de derecha a izquierda, y luego de izquierda a derecha.

–¡**No**, **no** y **no**! ¡Y, además, **no**, **no** y **no**! A las Islas del Sur es justo que vaya Tea, que tiene sensibilidad para la moda, mientras que tú (perdona que te lo diga) ¡eres un carroza, una momia!

El abuelo sacudió la cabeza.

–¡Pobre Tea, pobrecita! Se sacrifica por la editorial y está dispuesta incluso a Viajar (en primera clase, por supuesto: ¡solo lo mejor para mi nieta!). Ah,

Teúcha, tú sí que honras a tu familia (no como mis otros nietos).

¡Tea está dispuesta incluso a viaj

¡HA LLEGADO PINA!

En aquel instante sonó el teléfono.

Presioné la **TECLA** del manos libres, y una vocecita penetrante nos perforó los tímpanos.

—¡Oiiigggaaa! ¡Oiiigggaaaaaaa!

—chilló del otro lado del teléfono una voz femenina.

La reconocí al instante.

Era Pina Ratonel, el ama de llaves del abuelo.

—¡¡¡*Señorito* Geronimo, por favor, pregúntele al *Señor* Torcuato qué querrá para cenar!!!

El abuelo refunfuñó:

—Prepáreme, sí, eso, hum, una fondue de gruyer.

–¡Tsk, tsk, tsk! –lo contradijo ella–. ¡La fondue le hace daño, *Señor* Torcuato! ¡Usted tiene que ponerse a régimen! Por cierto –continuó severa–, ¿se ha puesto la camiseta de lana? ¿Eh? ¿Se la ha puesto?

Él protestó:

–¡Estoy trabajando, estoy ocupado!

Ella rió, sarcástica:

–¡Ah, por mí no se la ponga! Si se resfría o pilla una enfermedad GRAVE...

quizá GRAVÍSIMA...

puede incluso que MORTAL...

¡no me venga después con que quiere que lo CUIDE! Ya no es un niño, ¿sabe? A propósito, le estoy haciendo las maletas, hasta ahora le habré preparado al menos unas cincuenta, he metido todo aquello que le será útil para el viaje. No conseguía meter dentro su escritorio, ¿sabe?, es un poco ancho, sobre todo el cajón central, pero lo he hecho pedacitos empezando por las patas...

–¿Quéééé? –tronó el abuelo–. ¿Ha hecho pedazos mi escritorio? ¿El escritorio antiguo? ¿El del siglo XVIII? ¿El de las patas rococó y los cajones en marfil labrado?

–¡Síííííííííííííííííí!

–confirmó Pina, orgullosa–. También he metido en sus maletas su butaca preferida, un trozo aquí, un trozo allá. ¡Pero ya he acabado! ¡Nos vamos dentro de nada! ¡Estaré lista en un minuto!

Un timbre de alarma **ME REPICÓ** en el cerebro. ¿El abuelo se iba de viaje? ¿Adónde iba? ¿Y por qué? El abuelo prosiguió y se dirigió a mí.

–¡Entonces, Geronimo, ya es hora de que tú también prepares las maletas! No querrás esperar al último minuto como siempre, ¿no?

–Pero ¿qué tengo yo que ver con vuestras maletas? –repliqué enfadado–. **¡Yo no tengo que salir de viaje!**

El abuelo me miró y dijo:

–Ah, ¿no te lo habíamos dicho?

Tea me miró y dijo:

–Ah, ¿no te lo habíamos dicho?

En ese preciso momento entró mi primo Trampita cargando una enorme mochila y exclamó:

–Ah, ¿no te lo habíamos dicho?

La puerta se abrió de golpe y entró Pina cargando un baúl con ruedas.

–Ah, ¿no se lo habéis dicho?

Yo me mordí la cola de rabia.

–¿Qué teníais que decirme? ¿Qué es lo que no me habéis dicho?

Entró Benjamín, mi sobrino preferido; corrió hacia mí y me *abrazó* con fuerza.

–¡Tío! ¡Tío Geronimo! ¡Soy tan *feliz*! Me han dicho que vienes con nosotros a

Ratikistán!

Entró Benjamín, mi sobrino preferido...

¿POR QUÉ NADIE ME HA AVISADO?

Estaba completamente pasmado.

—¿Qué? ¿Qué? ¿Qué?

¿Nos vamos a Ratikistán? ¿Por qué nadie me ha avisado?

Se hizo un silencio absoluto.

Mis parientes sabían que eran culpables, ¡por supuesto que lo sabían!

Rápidamente, Tea le quitó el envoltorio a un caramelito de parmesano, me lo metió en la boca (¡para que me callara, supongo!) y me **susurró** con voz MELOSA:

—Toma un caramelito, así te ENDULZARÁS un poco. ¿Sabes que eres un poco quisquillosillo?

–¡No quiero caramelitos, solo quiero que se me avise! –intenté protestar con la boca llena.

Trampita dibujó una **Sonrisa pícara**.

–Vamos, primote, te lo estamos diciendo, ¿no? *JE, JE, JEEE* –rió mirando el reloj–. ¡Dispones exactamente de diecisiete minutos y medio para hacer las maletas, conectar la alarma, apagar el gas, descongelar la nevera y partir con nosotros! –Luego me dio una palmadita en la mejilla que hizo que se me atragantara el caramelito.

–*¡Cof, cofff, aaaaagh!* –tosí con riesgo de asfixiarme y BIZQUEANDO.

El abuelo cortó en seco:

–¡Nieto, eres un *paranoico*! ¡No te hemos escondido nunca nada! ¡Vamos, vamos, no hay tiempo que perder (el tiempo es oro), cierra las maletas!

–¿Qué maletas? ¿Eh? ¿Cómo voy a cerrar las maletas si aún no las he hecho? –protesté exasperado.

–¡Bueno, está bien, si no tienes maleta, vente sin maleta! –concluyó él, magnánimo.

Después se volvió hacia los otros y dijo:

–¡Adelante, nietos, llamad al **TAXI** !

Yo **pataleé** de rabia.

–¡Me niego a partir! **¡Me nie-go!**

El abuelo pareció reflexionar; luego, con un gesto dramático, señaló la puerta.

–¡Todo el mundo fuera! ¡Dejadme solo con él, con mi nieto!

Acto seguido me tomó por el brazo, como si no pudiese caminar solo, y co$_{je}$ando (pero ¿desde cuándo co$_{je}$aba?) me preguntó con una vocecita débil:

—Nieto, ¿te importa si me siento? ¿Sabes?, es que ya no soy el que era. ¡Es la edad! ¡Bendito tú que aún eres joven!

–Ejem, claro, abuelo, ¿Te encuentras bien?

—Más que sentarme, querría *tumbarme*. ¡Aaaaah, la edad! ¡Qué feo es envejecer! No me encuentro nada bien... ¡Me duele aquí, en el corazón! –E hizo un gesto llevándose la mano al bolsillo de la chaqueta.

–¡Pero abuelo, ahí está la cartera! –dije yo.

–Bueno, el corazón, la cartera, el uno vale el otro, en suma... –refunfuñó él, y añadió triste–: Me duele ver que nuestra familia no está unida, que hay enfrentamientos, que **tú** no quieres viajar con **nosotros**, eso es...

Y **suspiró**, con los ojos brillantes.

Luego, con la pata temblorosa se secó una lágrima que le había caído sobre el hocico.

Yo no sabía qué decir.

No quería salir de viaje pero...

–¡Dime que vendrás con nosotros, nieto! ¡Dime que sí! –me imploró aferrándome la pata.

–Ejem, abuelo, bueno, yo...

–¡Dime que sí, nieto, dime que sí! –insistió él, sollozando y sorbiendo ruidosamente con la nariz–. ¡Hazlo por mí, que te he dado

TANTO

sin pedirte nunca nada a cambio!

–Abuelo, yo..., bueno..., de acuerdo... –murmuré derrotado.

En ese momento ocurrió lo impensable, prácticamente un milagro.

Como si de repente hubiese rejuvenecido treinta años, el abuelo dio un brinco y se puso de pie exclamando:

–Entonces nos vamos. ¡Nos vamos! ¡Y rápido! ¡Un **TAXI**!

Y abrió la puerta de golpe.

El resto de los parientes (¡¡¡que evidentemente habían estado escuchando tras la puerta!!!) rodaron por el suelo los unos sobre los otros.

–¡Abuelo, abuelo! –lo llamé, pero él ya corría fuera de la oficina gritando:

–¡Nos vamos, panda de inútiles!

¡ panda de inútiles !

LA SÚPER AUTOCARAVANA DEL ABUELO

Yo me di cuenta de que me habían tomado el pelo.

¡Por mil quesos de bola, había picado como un bobo!

Estaba de un humor de gatos. Quien me conoce lo sabe:

¡ODIO VIAJAR!

El abuelo, por el contrario, estaba exultante, como en cada viaje.

–¡Ah, yo nací para ser explorador! ¡Viajar es fantástico!

Y le guiñaba un ojo a Tea.

–Tú eres como yo: solo tú me entiendes, queridísima (no como mis otros nietos).

Suspiré. ¡Eso era una verdad grande como un templo!

El abuelo, como Tea, era un maniático de los viajes: cuando, como decía él, le entraba el **capricho**, se subía a bordo de su autocaravana de color queso y salía pitando.

Conducía como si de un piloto automático se tratara: clavado a **50** km/h y siempre por el carril de adelantamiento.

Los otros conductores ya podían **pitarle**, hacerle ráfagas con las luces o insultarle, que el abuelo ni siquiera se apartaba un centímetro.

De vez en cuando, Pina le **AMONESTABA.**

–¡Vaya despacio, *Señor* Torcuato, que si no se **ROMPEN** los vasos de cristal!

Ahora os voy a describir la *lujosísima* autocaravana del abuelo.

Desde la MATRÍCULA posterior hasta la anterior mide 24 metros y 86 centímetros.

La autocaravana está pintada de un **AMARILLO** intenso, color queso. La ca-

bina del conductor está equipada con un sistema de **NAVEGACIÓN POR SATÉLITE** para poder orientarse desde cualquier punto del mundo.

El comedor está decorado al estilo 𝓘mperio, con unos cuadros antiguos de marcos dorados. Allí, al abuelo le gusta cenar a la luz de las velas con platos de porcelana finísima, vasos

de cristal refinado, posavasos de terciopelo y cubiertos de plata.

El dormitorio del abuelo es inmenso: en el centro, una cama mastodóntica con dosel en madera de cedro

y con cortinas de seda;
el dormitorio tiene en-
trada directa a un baño
de mármol (donde hay
una bañera de hidro-
masaje en forma de lon-
cha de queso y también
una sauna).

Cuenta con un exquisito estudio-biblioteca ta-
pizado de libros antiguos donde el abuelo
escribe sus memorias desde hace años, con
una habitación de invitados y un portaequi-
pajes.

Ah, me olvidaba: también hay una inmensa
cocina, el reino de Pina (que sigue al abuelo
en todos sus viajes).

No falta de nada: desde el horno de piedra
para cocer el pan...
hasta la súper NEVERA gigante

INFORMATIZADA que avisa cuando se acaban las existencias. El sueño secreto de Pina es abrir un restaurante. Incluso ha elegido el nombre: El Espagueti de Oro. Quizá, un día... No creáis, sin embargo, que se limita a cocinar. Pina sabe hacer de todo: por ejemplo, poner INYECCIONES con cachete (para distraer al paciente antes de pincharle con la aguja), pero sabe también reparar un carburador

con habilidad. Va de un lado a otro siempre armada con un rodillo de plata telescópico (es decir, alargable), regalo del abuelo, con sus iniciales grabadas. Pina utiliza el rodillo para hacer pizzas de queso, pero también como arma de defensa, y nunca se separa de él: de noche lo guarda bajo la almohada, siempre al alcance de la pata. Pina aconseja a mi abuelo acerca de todo: desde cómo vestirse hasta cuándo invertir en Bolsa. Pina es la única que consigue poner a raya al abuelo Torcuato.

Pina Ratonel

UNA BRÚJULA
EN LA CABEZA

Partimos. Desgraciadamente, al cabo de menos de un día de viaje, Trampita y Benjamín tuvieron que volver a casa porque cogieron PAPERAS.

El viaje prosiguió. El abuelo conducía, Pina cocinaba, mi hermana fotografiaba el paisaje y yo controlaba el mapa para indicarle la ruta al abuelo.

Él, sin embargo (como siempre solía hacer), no me hacía caso: debía hacer (como siempre solía hacer) lo que creía conveniente, así (como siempre solía hacer) se equivocaba de carretera.

He aquí un típico ejemplo de diálogo entre mi abuelo y yo:

–¡Abuelo, tienes que girar a la izquierda en el próximo cruce!

–¡Nieto, ni en sueños! ¡Qué izquierda ni qué izquierda! ¡Hay que girar a la derecha! ¡Mi intuición me lo dice!

–Abuelo, pero el mapa..., la brújula...

–Nieto, te pierdes siempre en detalles. ¡Toma nota, yo tengo una brújula aquí, en la cabeza! Ahora, sé bueno y déjame conducir en paz.

Cuando el abuelo hacía eso, **SOLÍAMOS** perdernos.

Y esta vez también nos perdimos.

Viajamos durante horas y horas por una carretera solitaria en medio de campos abandonados sin ninguna señal de tráfico a la vista.

Ruta correcta a Ratikistán

Cuando cayó la noche nos encontramos en **MEDIO** de un bosque impenetrable.

Intenté utilizar el complicado, modernísimo y sofisticado **SISTEMA SATÉLITE**, pero ¡descubrí que faltaba el manual de instrucciones!

El abuelo se detuvo en el arcén y dijo:

–Ahora quiero descansar. ¿Quién conduce?

Se hizo el silencio. ¡El abuelo **NUNCA** dejaba su autocaravana a nadie!

El abuelo insistió:

–Vamos, ¿quién conduce?

Silencio. Nadie osaba abrir la boca.

Entonces **GRITÓ**:

–¿Por qué nadie quiere conducir? Confesadlo, no sabéis por dónde ir, ¿eh? ¡Tenéis que aprender a arreglároslas solos en la vida, queridos! ¡Demasiado cómodo encontrarse siempre la comida en la mesa! ¡Que todo esto os sirva de lección!

¡HAZ ALGO, GERONIMO!

Tea exclamó:

–¡Haz algo, Geronimo! ¡Sal, por ejemplo! ¡Busca a alguien!

Yo palidecí.

–¿Qué? ¿Qué? ¿Qué? ¿Por qué yo?

Mi hermana refunfuñó:

–¡Porque yo soy una *señora*! ¡Compórtate como un caballero, por una vez!

–Pero, perdona, ¿no dices siempre que los ratoncitos y las ratoncitas son iguales? –repliqué enfadado.

Justo en ese momento Pina me pidió disimuladamente:

–*Señorito* Geronimo, por favor, ¿podría salir un momento a ver si llueve?

Yo saqué una pata fuera, aguzando la **VISTA** para ver en la oscuridad: en aquel momento...

¡**pam**!

... la puerta se cerró tras de mí.

Y la llave dio una vuelta en la cerradura.

Oí que Pina **se reía** satisfecha:

–*Señorito* Geronimo, ¿ve como ha sido muy fácil? Diga la verdad, ni se ha enterado.

–Pe-pero... –balbuceé– ¿me habéis dejado *fuera?*

¿De noche? *En un bosque desconocido?*

¿En la oscuridad? ¡No es justo!

Intenté protestar con dignidad, pero en seguida me di cuenta de que estaba hablando solo.

Aquellas dos se habían ido a la parte de atrás de la autocaravana dejándome allí plantado.

Entonces imploré, olvidándome de mi orgullo:

—¡Abriiiiiiid! ¡Socorrooooo! ¡Me da miedo la oscuridad!

¡Nadie me respondió! ¡¡Nadie!! ¡¡Nadie!! ¡¡Nadie!!

Oí a mi hermana en el baño, canturreando bajo la ducha...

Pina, por el contrario, estaba ya en la cocina, agitando el rodillo como una loca.

¿Tal vez estaba haciendo lasaña con nata triple?

¿O una pizza de queso?

Suspiré. Nunca probaría esos manjares. ¡No volvería vivo!

¿Por qué, por qué, por qué me había dejado arrastrar a aquella loca aventura?

Con tristeza, me adentré en el bosque.

¡Era una injusticia!

¡Una gran injusticia!

Lo sabía bien: a mi hermana Tea, cuando le

¿Estaba haciendo lasaña con nata triple?

interesa, le gusta desempeñar el papel de la ratoncita débil e indefensa.

Sin embargo, mi hermana Tea...

1. ¡Se lanza en paracaídas!

2. ¡Conduce una moto más grande que ella!

3. ¡Es cinturón negro de kárate!

4. ¡Tiene el título de piloto!

5. ¡Organiza cursos de supervivencia!

6. ¡Recorre el mundo a lo ancho y a lo largo del planeta (como enviada especial de El Eco del Roedor) y afronta cualquier peligro sin pestañear!

¡En resumen, mi hermana Tea Stilton no tiene miedo *de nada ni de nadie*!

Suspiré . Ella no tiene miedo, pero yo sí...

Miré a mi alrededor, estremeciéndome. El bosque era **negro** como la tinta. Por suerte, recordé que mi llavero tenía una pequeña linterna: con su débil luz iluminé el sendero y me adentré en el bosque. Oía extraños crujidos, como si alguien me siguiera de cerca, pisando las hojas secas. Ejem, ¿vosotros tenéis miedo de la oscuridad? ¡Yo sí!

En la oscuridad todo da miedo. Pero hay algo peor que la oscuridad absoluta... Es la penumbra, esa media luz en la que todo toma un significado siniestro. Las ramas se convierten en esqueletos con los brazos extendidos hacia el cielo, las mariposas nocturnas se transforman en murciélagos, las piedras se encienden bajo los rayos lunares como ojos de fantasmas...

Vi una sombra detrás de mí y grité:

¡Aaaahhhh! *¡Aaaahhh!*

¡Aaaahhh!

¿Quién me estaba siguiendo?
Salí pitando de allí.
Luego lo entendí todo: ¡era *mi propia* sombra!

¡STILTON EN PERSONA!

¡Hubiera querido volver a la autocaravana pero no tenía ni idea de dónde estaba!

Entonces salí a todo correr siguiendo el sendero: ¡esperaba que me llevara a algún sitio!

CORRÍ, CORRÍ, CORRÍ... hasta que tropecé con una raíz y acabé cayéndome sobre montón de hojas, dando con el hocico en el suelo.

Levanté la cabeza.

Entreví la figura de un roedor.

–¿Abuelo? –exclamé.

–*¿Abuelo?* –farfulló el otro, y me enfocó los ojos con una luz cegadora.

Yo me levanté esperanzado, sacudiéndome las hojas del cuerpo.

–Abuelo, ¿has venido a buscarme?

El otro sacudió la cabeza, perplejo.

Solo entonces me di cuenta de que se trataba de un **DESCONOCIDO**.

Era un roedor bastante peludo, con grandes orejas cuadradas, hocico cuadrado, espalda cuadrada, ¡hasta la cola parecía cuadrada!

Exclamó desconfiado:

–¿Quién eres? ¿Qué quieres?

–He llegado a este bosque a bordo de una autocaravana, he salido a buscar información pero me he perdido... Mi nombre es Stilton, Geronimo Stilton –le expliqué yo.

El otro preguntó incrédulo:

–¿Stilton?

Yo confirmé:

–¡Sí, *Geronimo Stilton*!

El otro **exclamó** emocionado:

– Stilton en persona!

¿El famoso escritor? ¡He leído todos sus libros! Mi preferido es *La sonrisa de Mona Ratisa*.

¡Ah, qué **novela policiaca** tan apasionante! Ejem, yo me llamo Avestruzo Plumón. ¿Puedo pedirle un **autógrafo** con dedicatoria personalizada?

Lo admito, soy un roedor vanidoso, ¡adoro ser **mimado** por mis admiradores!

Y me halaga descubrir que mis libros son famosos incluso allí, en aquel lugar perdido...

Así, improvisé un autógrafo en una hoja mientras él profería agradecimientos.

A Avestruzo Plumón
Geronimo Stilton

LASAÑA DE QUESO

Entonces pregunté:

–¿Podría decirme hacia dónde está Ratikistán?

Avestruzo se sorprendió.

–¿Ratikistán? ¡Pero si está lejísimos de aquí! Esto es el Bosque de los Fósiles: ¡está yendo en dirección **OPUESTA!**

–¡Por mil quesos de bola! ¡Le dije al abuelo que se equivocaba de dirección! Pero él nunca me escucha... –exclamé exasperado.

Avestruzo me dio una palmada en la espalda.

–Ánimo, una cosa detrás de otra. Antes de nada, le explico cómo volver a la autocaravana. Después, cómo llegar a Ratikistán. Veamos...

Tardó media hora en explicarme el recorrido. Caramba... ¡A ver si conseguía acordarme de todo! Después me estrechó la pata.

–Ha sido un honor conocerlo, señor Stilton. ¡Que tenga un buen viaje!

Yo me despedí y me encaminé por el sendero.

"Veamos... veamos... vamos a ver..

debo tomar el sendero de la izquierda (¿o el de la derecha?) después de la gran encina... seguirlo durante diez minutos hasta el haya de la rama torcida; luego tengo que girar a la derecha 2 (¿o quizá 3?) veces, atravesar el arroyo, tomar el sendero hacia la montaña, no, más bien hacia el valle, y después dirigirme hacia el peñasco en forma de cabeza de gato; luego tengo que atravesar el puente y pasar el viejo pino abatido por un rayo; después debo ir primero a la derecha y después a la izquierda y proseguir recto...

O quizá primero recto, después a la derecha y luego a la izquierda, no, más bien a la izquierda, a la derecha y después recto... ¡Por mil quesos de bola! Pero ¿por qué no me lo he apuntado?"

¡Vagué por el bosque durante casi una hora antes de darme cuenta con HORROR de que me había perdido otra vez!

–¡*Por el bigote rizado del pérfido Gato Mimado!* ¿Y ahora qué hago? –exclamé desesperado en la oscuridad. ¿Por qué, por qué, por qué me había dejado arrastrar a aquella loca aventura? Yo soy un **ratón intelectual**, no un EX-PLORADOR. ¡Quien me conoce sabe que ODIO viajar! Me ESTREMECÍ

de frío y desesperación. ¿Qué iba a hacer? En aquel instante, sin embargo... levanté el hocico y olisqueé en el aire gélido del bosque. ¡¡¡Sí, aquello oía a lasaña de queso!!! Haciendo acopio de mis últimas fuerzas retomé

lasaña de queso

el sendero siguiendo el rastro de aquel aroma delicioso, y como un espejismo entreví las luces de la autocaravana.

¡A salvo! ¡Estaba a salv

Estaba ansioso por llegar para explicarle a mi familia mis peripecias. ¡Quién sabe lo felices que estarían de volver a verme... y lo preocupados que estarían por mi prolongada AUSENCIA! Cuando entré, estaban todos sentados a la mesa.

Tea dijo con indiferencia:

–Ah, eres tú, Geronimo…

–¿Quién? –preguntó el abuelo.

–¡Es Geronimo! –le explicó Tea.

–Ah, ¿se había ido? –concluyó él **picoteando** un pedacito de pastel de queso.

Mientras me hundía en el sofá murmuré:

–Me había perdido, he encontrado la autocaravana solo porque he olido el aroma de la lasaña de queso...

Pina se pavoneó:

–¡Ah, mi lasaña! Tiene un perfume inconfundible, ¿eh?

–Hablando de lasaña –murmuré–, me comería un plato de buena gana...

–¡Se ha acabado! –exclamó Pina con aire triunfal–. Estaba tan buena que el *Señor* Torcuato se la ha cepillado toda... –y mostró la bandeja limpia como un espejo.

–¿¿¿Cómo??? –protesté–. ¿Os habéis comido también mi parte?

Por qué, por qué, por qué
se me ocurriría salir de viaje?

PINA
SIEMPRE TIENE RAZÓN

Le expliqué al abuelo que íbamos en la dirección equivocada. Al alba retomamos el viaje por la carretera principal.

–¡Yupiiiiii! –exclamó el abuelo, feliz–. ¡De nuevo en ruta hacia Ratikistán! –Y empezó a canturrear–:

El señor conductor tiene noooooovia, tiene noooooovia, el señor conductor tiene noooooovia, tiene novia el señor conduct

¡OH OH OH OOOH!

Suspiré. ¿Por qué, por qué, por qué se me ocurriría salir de viaje?

El ✓iaje prosiguió. Nos **dirigiMos** ha-

66

cia el norte, siempre más al norte, cruzando valles **gélidos**, llanuras desoladas, ríos impetuosos.

Por la mañana, me enfundé mi tecno-chaqueta de piel de gato sintética, me envolví en una bufanda enorme de piel sintética de gato romano atigrado y me calé hasta los OJOS el gorro térmico con orejeras a pilas; pero, aun así, no bastaba...

El paisaje estaba cambiando: la VEGETACIÓN se volvía cada vez más escasa, las PLANTAS parecían entumecerse por el **hielo**. Me fijé en que la luz del sol se iba volviendo cada vez más tenue.

Pedíamos indicaciones a los pocos roedores que encontrábamos a lo largo de la carretera y todos hacían el mismo gesto: señalaban el norte.

Por fin, una tarde, divisamos una señal de tráfico que afloraba de entre la niebla.

R-A-T-I-K-I-S-T-Á-N...

–/Ratikistán/ /Hemos llegado a
Ratikistán/ –gritó el abuelo, exultante.

Pina ordenó:

–Entonces paremos en el primer supermercado; tengo que hacer la compra.

Yo dije:

–Señora Pina, aquí no hay supermercados...
¡Estamos en Ratikistán!

Ella resopló, como diciendo que no se lo creía
y luego refunfuñó:

–Y entonces, ¿eso de ahí qué es?

Antes de que pudiese rebatírselo *ya había bajado* de la autocaravana llevando su inseparable bolsa de la compra, y se dirigía a paso decidido hacia una ínfima tienda, *pequeña* y *sucia*, que exponía sobre un banco pringoso mercancías de aspecto ambiguo. Montones de raíces enmohecidas, tubérculos todavía sucios de tierra, *huevos tan viejos* que estaban completamente cubiertos de telarañas, botellas polvorientas llenas de un líquido nauseabundo, y además potes con el cierre oxidado en los que flotaban trozos de fruta en almíbar de aspecto raquítico.

Había grandes cestos de mimbre llenos de manzanas medio podridas y con pinta triste; de los **CÁNTAROS DE TERRACOTA**, apilados en el rincón más **oscuro** de la tienda, salía un aroma de coles fermentadas un poco sospechoso. Sobre un mostrador de granito había amontonados filetes de pescado salado:

el hedor que desprendían era tan intenso que *sentí que me desmayaba.*

El vendedor nos saludó cordial desde el mostrador.

–¡Minsk! ¡Bienvenidolll!

Pina exclamó, decidida:

–Veamos. ¡Doscientos gramos de jamón de Ratugo!, del bueno, ¿eh? Luego, tres sobres de fondue precocinada PRONTO-Y-BIEN, la que se mete en el microondas... Y también un pote de mayonesa marca **Raté**. ¡Tenga cuidado

con la fecha de caducidad, ¿eh?, no se haga el listo, no me cuele cosas viejas!

El ratón del mostrador empezó a decir algo en ratikistano, repitiendo:

—¡¡¡Nix, nix!!!

Pina se encogió de hombros y exclamó:

—¡Eh, corte el rollo! Dígale al dueño que venga, ¡pero ya!

Yo me acerqué y le dije a Pina, condescendiente:

—Ya se lo he dicho, estamos en Ratikistán, no tienen muchos productos de los que le pide, pero usted...

¡NO QUERÍA CREERME!

Pina le hizo un gesto al tipo, *o sea, al ratón* del mostrador, y repitió:

–¡Vaya a llamar al dueño, rapidito!

El otro desapareció en la trastienda.

Poco después salió otro roedor más gordo, con un gorro de piel sintética calado hasta las orejas. Este llevaba los productos solicitados por Pina, y los apoyó sobre el mostrador, diciendo:

–¡Akkiev!

Yo puse los OJOS como platos.

–¿Cómo es posible?

Pina respondió con aire de superioridad:

–Querido *Señorito* Geronimo. Las amas de casa tenemos mucho **OJO** para esto, ¿sabe? Tras años y años de experiencia haciendo la compra, ahora sé siempre adónde ir a comprar... tome nota, *Señorito* Geronimo: **¡Pina siempre tiene razón!**

Pagamos y salimos. Tea fotografiaba el paisaje, el cielo oscuro, los ratikistaníes curiosos a nuestro alrededor, mientras le dictaba a una grabadora portátil:

–El turista que llega a Ratikistán en seguida encuentra una aldea. En la plaza central, una pintoresca tienda de alimentación superabastecida de productos típicos...

Regresé a la autocaravana. Seguimos torrentes cristalinos y gélidos que descendían de los glaciares, cruzamos precarios puentecillos de madera. En la **CARRETERA** encontramos muy pocos habitantes, cargados de fardos, que agitaban cordiales las patas saludándonos mientras exclamaban:

–¡Minsk! ¡Minsk!

DIGA
LA VERDAD...

Retomamos el viaje en la **OSCURIDAD.**

La carretera se hizo más empinada: trepamos por una pendiente escarpada que parecía excavada en la ladera rocosa de la montaña.

El **hielo** estaba tan incrustado sobre la carretera como la corteza al queso. Yo tenía **SUDORES FRÍOS** viendo a cada *curva cómo la carretera se volvía* cada vez más **estrecha** y cómo las **ruedas** de la autocaravana se acercaban peligrosamente al precipicio: ¡tengo vértigo!

Por fin llegamos a un claro que dominaba los **valles circundantes.**

El abuelo, satisfecho, *saltó fuera* de la autocaravana e inspiró a pleno pulmón exclamando:

–¡Esto sí que es aire! Toma nota, Tea, tú que eres tan diligente (no como mis otros nietos): es necesario aconsejar a los turistas que se paren justo **AQUÍ** para acampar. ¡El amanecer debe de ser todo un espectáculo!

Mi hermana estaba ya escribiendo en su ordenador portátil los apuntes para la guía turística de Ratikistán: kilometrajes, puntos de abastecimiento, estaciones de servicio a lo largo de la carretera...

Yo, resignado, *me arrastré* fuera de la autocaravana.

Después de horas y horas de viaje, me **dolía el trasero** y sentía la cola anquilosada.

Di unos pasos para desentumecer las patas, pero Pina me perforó los tímpanos con su silbato:

era la señal que indicaba que el almuerzo estaba listo.

–Vamos, moveos, que se enfría la comida –nos reprochó.

Últimamente, a Pina se le había metido en la cabeza que el abuelo debía adelgazar y que yo, por el contrario, debía engordar.

–Señor Torcuato: para usted, una ACEITUNA y una hoja de lechuga. Para el Señorito Geronimo, en cambio, espagueti a la boloñesa con queso, luego una mega-rración de asado con manteca de cerdo y después... una consistente fondue de gruyer con

tacos de tocino refrito, y de postre una su-
perración de tarta de requesón con triple
nata, cubierta de **chocolate fundido**,
rellena de melaza concentrada, rehogada en
caramelo y espolvoreada con coco rallado!
Yo ME ESTREMECÍ.

–Ejem, tengo el estómago delicado... –intenté protestar.

–¡No se preocupe, ya le reforzaré yo el estómago! JA, JA, JAA, se lo forraré de comida auténtica, ya verá cómo se **fortalece**! ¡Después de probar mis recetas podrá digerir hasta las piedras!

El abuelo, envidioso, MIRÓ DE REOJO mi plato, donde Pina amontonaba paletadas de comida.

Luego susurró:

–Nieto, ¿te interesa un intercambio?

Pero Pina lo regañó:

–*Señor* Torcuato, le he oído, ¿sabe? Mire que lo hago por su bien. ¡Está gordo, debe adelgazar, perder peso! Usted, en cambio, *Señorito* Geronimo, ¡haga un esfuerzo! ¡Tómeselo en serio!

Abrí la boca para protestar, pero ella aprovechó para METERME A TRAICIÓN entre las mandíbulas una enorme cucharada de manteca.

–¡Diga la verdad, ni se ha enterado! –rió contenta.

¡ALGO
VA MAL!

Aquella fue una larga, HORRENDA NOCHE poblada de pesadillas. Soñé que me había transformado en un tremendo sándwich gigante con triple ración de queso...

Me desperté sobresaltado:

—¡Socorro!

MIRÉ por la ventana y VI que el cielo estaba **oscuro.**

Primero pensé que aún era de noche, luego me di cuenta de que el reloj marcaba las diez de la mañana.

Entonces, alarmado, desperté a mi hermana.

—¡Tea, aún está oscuro! ¡El sol no ha salido...! ¡Algo va mal!

UNA OSCURA Y ETERNA NOCHE...

Mi hermana consultó un atlas y una enciclopedia en Internet; con la calculadora, hizo complicadas operaciones con latitudes y longitudes, suspiró y dijo:

–¡Ahora ya sé el porqué de esta oscuridad! Aquí, en el extremo norte, solo tienen unas pocas horas de luz al día. El resto es todo

UNA OSCURA Y ETERNA NOCHE...

Proseguimos nuestro viaje, desconsolados.

¿Qué sentido tiene escribir una guía turística de un lugar en donde nunca brilla el sol?

¿Quién lo visitaría?

Yo tenía la moral por los suelos.

¿Por qué, por qué, por qué se me ocurriría salir de viaje?

¿Qué hacía yo (que **ODIO** viajar) en aquel lugar olvidado por el resto del mundo, en aquella oscura y eterna noche? Tras *horas* y *horas* de viaje en silencio (ninguno de nosotros osaba abrir la boca, ni siquiera Pina), nos encontramos en medio de un paisaje desolado.

El terreno estaba helado y no había árboles, solo unas pocas **MATAS** aquí y allá. Estábamos muy lejos de cualquier lugar habitado. Y justo en aquel momento, nuestra auto-caravana se detuvo.

El abuelo frunció el entre-cejo.

–¡Se acabó la gasolina!

Entonces sacó de debajo del asiento un enor-me tanque vacío y lo meneó delante de mi hocico.

–¡Ningún problema, nieto! ¡No hay más que ir a buscar una gasolinera!

–¿Y quién irá? –pregunté desconfiado.

–¡Yo no, soy demasiado viejo! –refunfuñó el abuelo.

–¡Yo no, soy una señora! –rezongó Tea.

–¡Yo no, estoy cocinando! –gritó Pina desde la cocina mientras preparaba una enorme pizza a los 4 quesos.

–Pero ¿por qué siempre me toca a mí?

Pina me abrió la puerta.

–¡Vaya, vaya, *Señorito* Geronimo! ¡Le guardaré una buena porción de pizza CALIENTE para cuando vuelva!

Salí de la autocaravana desmoralizado.

Me encaminé por el arcén de la carretera, pensando en mi casita cálida y acogedora.

¿Qué estaba haciendo yo en aquella tierra inhóspita?

¿Por qué, por qué, por qué había aceptado participar en aquel viaje de locos?

¿... PAPÁ NOEL?

En aquel mismo instante oí un tintineo de campanillas. Me di la vuelta y vi a un ratón que conducía un trineo tirado por renos.

ME QUEDÉ DE PIEDRA.

Durante un segundo me surgió una duda, y farfullé:

–¿P-P-PAPÁ NOEL?

Pero al acercarme vi que se trataba de un roe-dor del lugar guiando su súper Trineo *birre-no* propulsado por alimentación vegetal.

–¡Alto! –grité.

Pero no me entendió.

Agité el tanque gritando:

–¡Tengo que encontrar una gasolinera!

Pero él hizo un gesto como diciendo que no entendía un pimiento y prosiguió. Yo corrí tras él unos metros intentando alcanzarlo; después tuve una idea y levanté el pulgar:

—¡**AUTOESTOP!** –grité.

Él frenó y, con una sonrisa, pregun-tó:

—*¿Autoes-top?*

—**¡Sí,** autoestop! –respondí yo, sonriendo a mi vez.

Él me indicó con un gesto que subiese, y

DERRAPANDO

(pero ¿los trineos derrapan?) ¡salió pitando a una velocidad de vér-tigo!

HENO
PARA EL RENO

El tipo, *es decir, el ratón* que me había reco-
gido, conducía el trineo como un **loco**, ¡no
precisamente como Papá Noel!
Parecía disfrutar lanzándose por las pendien-
tes más empinadas gritando exaltado:

—¡Pasoooooooo(((!

Además, parloteaba en un ratikistano muy
cerrado, contándome quién sabe qué. Yo in-
tentaba sonreírle mostrándome cordial, pero me
sentía desfallecer cada vez que el trineo se inclina
peligrosamente de un lado.
Aquel loco de atar, en vez de concentrarse en
el camino, dejaba continuamente las riendas
para hacer otras cosas: se sonaba la nariz,

El tipo, es decir, el ratón ¡conducía el trineo como un loco!

se RASCABA los bigotes, se limpiaba una oreja con el meñique, contaba las monedas que tenía en el bolsillo izquierdo, sacaba del bolsillo derecho un caramelito de menta para el aliento, o bien me daba una palmadita en la espalda como si fuéramos un par de amigotes mientras me contaba algo en ratikistano que debía de parecerle muy divertido.

Cada vez que el trineo trastabillaba yo gritaba:

–¡Mire la carretera, es decir. la nieve, es decir, mire delante, por favor! ¡CUIDADO●●●

Entonces él se echaba a reír, como si yo hubiese dicho la cosa más graciosa del mundo.

Despavorido, me agarraba con la FUERZA de la desesperación a las barandillas laterales del trineo para no ser lanzado por los aires.

¿Por qué, por qué, por qué había aceptado participar en aquel viaje de locos?

El trineo proseguía su loca carrera en la oscuridad sin fin, surcando el paisaje cubierto de nieve, que BRILLABA AZULADA.

El frío se volvía cada vez más intenso, y la pista de nieve sobre la que viajábamos era cada vez más dura y compacta.

Me di cuenta con HORROR de que, por consiguiente, aumentaba la velocidad todavía más.

Ahora el trineo, más que correr parecía volar sobre la nieve, como si fuera una alfombra mágica deslizándose en el aire gélido.

Por fin, como en un espejismo, vi aparecer en el horizonte una lucecita que brillaba tenue en la noche.

¡Era una gasolinera!

El loco que conducía el trineo paró los renos con un frenazo espectacular que levantó

un MONTÓN de nieve de un metro y medio de altura.

Luego me depositó frente al expendedor.

ME DESLICÉ FUERA del trineo, más muerto que vivo, y me despedí:

–¡Ejem, gracias!

Él hizo un gesto cordial, como diciendo: *¡Ha sido un placer, amigo!*

Luego repostó heno para sus renos.

Mientras estaba llenando el tanque, me planteé un problema **ACUCIANTE**: ¿cómo volvería a la autocaravana?

El empleado de la gasolinera me presentó a un tipo, es decir, *un roedor* que venía en dirección contraria y que estaba repostando su moto de nieve.

Antes de seguir pregunté desconfiado:

–Usted conduce despacio, ¿verdad? ¿Es prudente?

El otro me hizo un gesto como diciendo: *¡no se preocupe, conduzco con prudencia, igual que una viejecita, nunca he tenido un accidente en veinte años, soy el niño mimado de las aseguradoras!*

Luego me dio una palmadita en el hombro y me ofreció un **CASCO**, riéndose en ratikistano de algo muy divertido.

Yo no estaba nada tranquilo, ¡pero no tenía más remedio que aceptar! ¿Por qué, por qué, por qué había aceptado participar en aquel viaje de locos?

Con un escalofrío premonitorio me subí en la moto de nieve... y él arrancó como un *RAYO*.

¡SOCORROOO!
NO SÉ CONDUCIR
UNA MOTO DE NIEVE...

AGARRADO al manillar con todas mis fuerzas pensé:

–¡Por mil quesos de bola! ¿Qué más puede sucederme?

¡Ay de mí, pronto lo iba a descubrir!

Una media hora después, el tipo, *es decir, el ratón,* se volvió, me indicó los mandos de la moto soltándome un discursito en ratikistano, y me dio una **PALMADA** en la espalda...

... acto seguido apoyó el hocico en el manillar y ¡se quedó dormido de golpe!

–**¿QUÉ?** ¿QUÉ? ¿QUÉ? –**grité**–. ¡Yo no sé conducir una moto de nieveee!

Mi grito desesperado se perdió en medio de la noche.

Intenté despertarlo, pero no me atrevía a soltar el manillar.

De repente, me encontré ante una pendiente impresionante.

—¡Socorrooo! —grité mientras la moto se elevaba en el aire durante unos segundos que me parecieron interminables.

En el silencio total oí claramente al maldito

ratikistaní roncar tranquilo... Luego, la moto de nieve cayó al suelo, resultando milagrosamente **INTACTA**.

No sé cuánto tiempo pasó hasta que el roedor se despertó.

Se desperezó, bostezó, luego hizo un gesto como para decir: *¿todo bien, amigo? ¿Quieres que te releve?*

De repente, apareció una luz frente a nosotros, y una silueta familiar: ¡la autocaravana! En medio de la oscuridad vi unos destellos de luz:

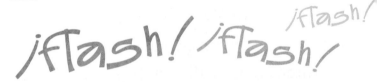

¡flash! ¡flash! ¡flash!

Era mi hermana Tea, que estaba sacando fotos sin parar.

Yo grité:

—¡¡¡Eeeeeeeooooo!!! ¡El freno! ¿Dónde está el freno?

El tipo se rió con malicia.

Luego, sin siquiera intentar frenar, giró violentamente la moto y yo _salí disparado_ mientras él me lanzaba a su vez el tanque de combustible. Inmediatamente después se alejó en medio de la oscuridad agitando una pata en señal de despedida.

–_¡Minsk!_ –lo oí exclamar en la lejanía.

Mientras emergía de un montón de nieve fresca, escupiendo cubitos de hielo, mi hermana me sacó una última instantánea declarando satisfecha:

–¡Estas fotos son perfectas para nuestro libro! Imagino ya el texto: «En la foto, el editor en persona conduciendo una moto de nieve. ¡Miren cómo se divierte!».

Yo ni siquiera tuve fuerzas para abrir la boca.

Me arrastré hasta la autocaravana para **ponerme** ropa SECA, pero en cuanto entré, Pina me metió en la boca un trozo enorme de pizza ardiendo que me arrancó un grito.

–¿Ha visto, *Señorito* Geronimo, como le he guardado la pizza bien calentita? Contento, ¿eh?

¿Por qué, por qué, por qué había aceptado participar en aquel viaje de locos?

Cómo se pesca el pez *Hediondo*

Pasamos los días siguientes *vagando* por las extensiones nevadas de Ratikistán, entrevistando con gestos a los habitantes. Por desgracia, tampoco existían **DICCIONARIOS** de ratikistano (no había turistas, ¿quién los habría comprado?). En los días sucesivos, mi hermana me obligó a practicar todos los **DEPORTES** típicos de Ratikistán, porque quería describirlos en la guía. Así, tuve que participar en:

A. **Una batalla de bolas de nieve** (mirad bien la foto, ¿a que tengo una expresión totalmente idiota?).

B. Una competición de muñecos de nieve (a mitad de la prueba se me **CONGELÓ** la cola y tuve que retirarme).

C. Un curso de supervivencia (tres equipos de socorro me buscaron afanosamente durante **ocho** horas y media).

D. Una competición de patinaje en el Gran Lago Helado (pero la capa de **HIELO** era demasiado delgada, me caí al agua y acabé hibernado en un bloque de **HIELO**).

E. Una prueba que consistía en pescar el pez Hediondo (no me pondré a explicaros por qué se llama así, intentad imaginároslo).

F. El curso «Cómo se construye un iglú» (construí una salida demasiado pequeña al **IGLÚ** y me quedé encerrado en él).

¡QUESITOFF!
¡QUESITOFF!
¡QUESITOFF!

Estábamos todos deprimidos.

–Geronimo, ¿crees que tiene sentido publicar una guía turística de Ratikistán? –me preguntó mi hermana, tecleando de mala gana en su ORDENADOR.

–¡Desgraciadamente, no! –respondí desconsolado–. ¡Ningún turista vendrá nunca a Ratikistán, un lugar a cuarenta grados bajo cero, un lugar donde el sol no brilla nunca, un lugar donde la única diversión es pescar el pe. *Hediondo*!

Ella suspiró, apagó el PORTÁTIL y miró fijamente al vacío. Tristes, nos preparamos para la vuelta.

Abatido, salí un poco para desentumecerme las patas antes de emprender el largo viaje.

¿Quién sabe? Quizás un paseo al fresco me aclararía las ideas...

ME ENCAMINÉ A LO LARGO DE LA CARRETERA QUE CONDUCÍA A UNA PEQUÑA ALDEA.

Pasé frente a una casa. A través de la ventana vi a una familia ratikistana sentada a la mesa.

Tenían pinta de estar bien satisfechos. Me fijé en que masticaban de buena gana pedacitos de un queso de color amarillo dorado...

En aquel momento la señora de la casa me vio y, con una sonrisa cordial, me hizo un gesto, como invitándome a entrar.

Abrió la puerta, muy amable, y el viento me trajo un delicioso aroma nunca antes olido. Probé un pedacito de aquel queso: ¡ah, era fabuloso!

¡Era delicado como el requesón más SUAVE, gustoso como el manchego bien **curado**, refinado como el parmesano más SABROSO!

Su *perfume* era indescriptible: ¡parecía una sinfonía de mil aromas unidos!

Le pregunté a la señora de la casa:

–Disculpe, señora, ¿cómo se llama este queso?

Ella se acercó con una bandeja llena de **taquitos** del delicioso manjar.

–¿ APETITOFF? ¿MÁS QUESITOFF?

Quizá me estaba preguntando si aún quería más queso.

Vi a una familia ratikistana sentada a la mesa...

Yo intenté explicarle:

–Ejem, señora, ¡querría saber cómo se llama este queso! ¡Me gustaría saber el nombre del queso!

Ella respondió:

–¡QUESITOFF!

Yo no entendía nada.

–¿Qué? ¿Puede repetirlo?

Entonces ella exclamó, resoplando mientras señalaba el queso:

–¡QUESITOFF! ¡Quesitoff!, ¡Quesitoff! ¡Quesitoff! ¡Q-u-e-s-i-t-o-f-f! ¿Entendidofski?

Era un queso cuya fórmula era transmitida por los lugareños de generación en generación.

Los ratikistaníes habían inventado miles de deliciosas recetas: croquetas de Quesitoff, empanadas de Quesitoff, lasaña de Quesitoff...

Me apresuré a llamar a los otros.

¿CONOCÉIS EL PENSAMIENTO LATERAL?

Tea se iluminó:

–¡IDEA!

Aquella noche ni siquiera se fue a la cama. Oí cómo escribía hasta muy tarde, golpeando el teclado como loca...

A la mañana siguiente se presentó al desayuno cansada pero satisfecha. Pina le ofreció rápidamente una taza de café humeante:

–¡Aquí tiene, Señorita Tea!

Ella nos preguntó:

–¿Conocéis el *pensamiento lateral*? Consiste en mirar los problemas desde

un punto de **VISTA** distinto: ¡con una pizca de *fantasía*!

Acto seguido se dirigió al abuelo:

–Pongamos que nos encontramos delante de un **MURO**. ¿Qué harías tú?

El abuelo solo pensó durante un segundo, después contestó dando un *puñetazo* sobre la mesa:

–¡Derribaría el **MURO**! ¡No hay otra solución!

Tea meneó la cabeza.

–Hay otra solución: *¡sortear* el **MURO!**

En esto consiste el pensamiento lateral: ¡¡¡sortear los problemas, descubriendo nuevos sistemas para resolverlos con creatividad!!! Intentemos ahora aplicar el método del pensamiento lateral a nuestra situación...

Problema...

Tenemos que publicar un libro de éxito sobre Ratikistán, pero no puede ser una guía turística...

Reflexión...

En Ratikistán se produce un queso excepcional, el Quesitoff...

¡Pensamiento lateral!

¡Vamos a publicar un libro de recetas a base de Quesitoff!

OS LO CONTARÉ EN OTRA OCASIÓN...

En el camino de vuelta vivimos mil y una aventuras más.

Mientras cruzábamos un bosque el tronco de un ÁRBOL CAYÓ justo delante de la autocaravana. Nos vimos obligados a CORTARLO a PEDACITOS con una sierra eléctrica para poder proseguir (fue un trabajo largo y fatigoso: ¿adivináis a quién le tocó? Decid un nombre al azar... ¡sí, a mí otra vez!).

Luego perdimos una ruEda mientras viajábamos a toda velocidad por una pista HELADA y corrimos el riesgo de chocar frontalmente contra un caribú.

Luego topamos con una tormenta de nieve que nos tuvo **bloqueados** tres días.

Pina nos mimó preparando deliciosos manjares con Quesitoff, y era *bonito* estar todos juntos y CALENTITOS en nuestra casa con cuatro ruEdas, haciéndonos compañía...

Nuestras aventuras y desventuras fueron muchas y muy apasionantes, pero os las contaré en otra ocasión, ¡porque estamos ya en la página 109 y el libro se acaba dentro de ocho páginas!

LA VIDA ES UN LARGO VIAJE

Sí, el viaje de vuelta fue **largo** y muy pesado. Sin embargo, el abuelo parecía no cansarse nunca: permanecía **PEGADO** al volante desde el alba hasta la puesta del sol.

Mientras conducía no hablaba nunca:

–Cuando conduzco, conduzco y punto. Nieto, toma nota: ¡el secreto para tener éxito en la vida es hacer una sola cosa cada vez!

Yo le hacía compañía mientras Tea y Pina dormían. Me gustaba el silencio en la cabina del conductor, la sensación de que el mundo se había detenido, y de que solo existía

nuestra autocaravana viajando en la **noche.**
Me gustaba abandonarme a mil pensamientos mientras el motor rodaba tranquilo, como un **GATO** ronroneando.

Me fascinaba mirar la carretera que se abría delante de nosotros, siempre nueva y distinta.

¡Quizá viajar empezaba a gustarme!

Una **noche**, mientras todo a nuestro alrededor era silencio, el abuelo dijo:

–Hace tanto que quería hablarte, nieto.

Yo me quedé callado, **SORPRENDIDO**.

El abuelo continuó:

–Ya sé que muchas veces nos peleamos, pero quiero que sepas que te quiero mucho, Geronimo.

Iba a decirle que yo también lo quería mucho, pero me hizo un gesto pidiéndome silencio.

–Nieto, recuerda: no se viaja para llegar, sino por viajar, para sentirse entre una situación

y otra, en suspenso... Porque **MIRA**, Geronimo, la vida es un largo viaje. No importa cuántos problemas dejes atrás. Solo cuenta la *carretera* que tienes delante, que te desafía a seguir sin desanimarte nunca. Esto, querido nieto, es el sentido de la vida: mirar

siempre hacia adelante, porque frente a ti siempre hay un **camino** que está esperando que tú lo recorras.

Yo escuchaba en silencio.

Me había emocionado: es que soy un tipo, *es decir, un ratón,* **sentimental**.

Mañana
será otro día

Cuando el abuelo acabó su reflexión, me fijé en que en el arcén de la **carretera** había una **señal**. ¡Casi habíamos llegado! El abuelo me dio una palmada en la espalda y me djo:
–¡Ahora conduce tú, nieto! **¡Confío en ti!** Pero ve despacio, mejor dicho, ni lento ni rápido, exactamente a **50 KM** por hora, ¿entendido? ¡Vamos, conduce, antes de que me arrepienta de haberte dejado el **volante!**

Luego me guiñó un **OJO** y me **sonrió.**

Yo también le sonreí. Agarré el volante, metí la marcha y conduje la autocaravana por la carretera a Ratonia.

Bienvenidos a
RATONIA

¡A casa! ¡Volvíamos a casa! Nos separamos con una pizca de nostalgia.

No solo porque me había encariñado de Pina y de sus manjares, sino sobre todo porque había entendido que mi abuelo *me quería*, y siempre me había *querido...*

En el momento de separarnos me dio una palmada en el hombro y me murmuró al oído:

–Recuerda, Geronimo, ¡no hay mejor modo de conocer a un roedor que viajar con él!

Me apeé frente a mi casa y Tea llamó a un **TAXI**. El abuelo y Pina se fueron en la autocaravana.

–¿Nos vemos mañana, abuelo? –pregunté.

Él se rió:

–¿Quién sabe? Mañana será otro día, nieto. ¡Otro día!

–¿Qué? ¿Vuelves a viajar, abuelo? Pero ¿adónde irás?

Él me guiñó un OJO.

–No lo sé, mi querido nieto.

»¿Recuerdas? ¡Yo no **V**iajo para llegar, yo **V**iajo por **V**iajar!

Aunque sé que el abuelo no es un ratón ***sentimental***, juraría que tenía los **OJOS** húmedos.

Pina saludó desde la ventana de la cocina **agitando** el superrodillo de plata, y los vi **DESAPARECER** en la noche.

QUERIDO ABUELO, TE QUIERO MUCHO

Queridos amigos roedores, ¿queréis saber cómo acabó todo? El libro *Recetas secretas de Ratikistán* ha tenido un éxito enorme. ¡Tres millones de ejemplares vendidos! Ayer recibí un e-mail del abuelo:

–¿Has visto? ¡Te lo dije! ¡*Tres* millones de ejemplares! ¡Tres! ¡T-r-e-s! ¡Y preveo una reedición tras otra!

Ya no digo que odio viajar. De hecho, por **Navidad** quiero regalar un bonito √iaje a mi familia, así estaremos juntos de nuevo.

Y os doy un consejo: *si tenéis un abuelo, permaneced siempre a su lado, porque cada abuelo es especial, cada abuelo es único...*

ÍNDICE

¡NO TE PIERDAS LOS LIBROS ESPECIALES DE GERONIMO STILTON!

Parte con Geronimo y sus amigos hacia un turbulento y agitado Viaje en el Tiempo, o súbete a lomos del Dragón del Arco Iris rumbo al Reino de la Fantasía. ¡Te quedarás sin aliento!

¡Hola! Soy Tea la hermana de *Geronimo Stilton*.
Ya me conocéis, soy la enviada especial
de El Eco del Roedor y adoro los viajes y la aventura.
No puedo resistirme a daros una noticia.
¡Ya tengo mi propia colección de libros!
En ella conoceréis a cinco chicas muy especiales:
COLETTE, VIOLET, NICKY, PAULINA y PAMELA
Juntas nos enfrentamos a MISTERIOS
muy emocionantes y viajamos por
todo el mundo.

VIOLET

NICKY

COLETTE

PAULINA   PAMELA

¿Querréis acompañarnos en nuestras aventuras?

¿Te gustaría ser miembro del CLUB GERONIMO STILTON?

Sólo tienes que entrar en la página web
www.clubgeronimostilton.es y darte de alta.
De este modo, te convertirás en ratosocio/a y
podré informarte de todas las novedades
y de las promociones que pongamos en marcha.

¡PALABRA DE GERONIMO STILTON!

EL ECO DEL ROEDOR
1. Entrada
2. Imprenta (aquí se imprimen los libros y los periódicos)
3. Administración
4. Redacción (aquí trabajan redactores, diseñadores gráficos, ilustradores)
5. Despacho de Geronimo Stilton
6. Helipuerto

Ratonia, la Ciudad de los Ratones

1. Zona industrial de Ratonia
2. Fábricas de queso
3. Aeropuerto
4. Radio y televisión
5. Mercado del Queso
6. Mercado del Pescado
7. Ayuntamiento
8. Castillo de Morrofinolis
9. Las siete colinas de Ratonia
10. Estación de Ferrocarril
11. Centro comercial
12. Cine
13. Gimnasio
14. Sala de conciertos
15. Plaza de la Piedra Cantarina
16. Teatro Fetuchini
17. Gran Hotel
18. Hospital
19. Jardín Botánico
20. Bazar de la Pulga Coja
21. Aparcamiento
22. Museo de Arte Moderno
23. Universidad y Biblioteca
24. «La Gaceta del Ratón»
25. «El Eco del Roedor»
26. Casa de Trampita
27. Barrio de la Moda
28. Restaurante El Queso de Oro
29. Centro de Protección del Mar y del Medio Ambiente
30. Capitanía
31. Estadio
32. Campo de golf
33. Piscina
34. Canchas de tenis
35. Parque de atracciones
36. Casa de Geronimo
37. Barrio de los anticuarios
38. Librería
39. Astilleros
40. Casa de Tea
41. Puerto
42. Faro
43. Estatua de la Libertad

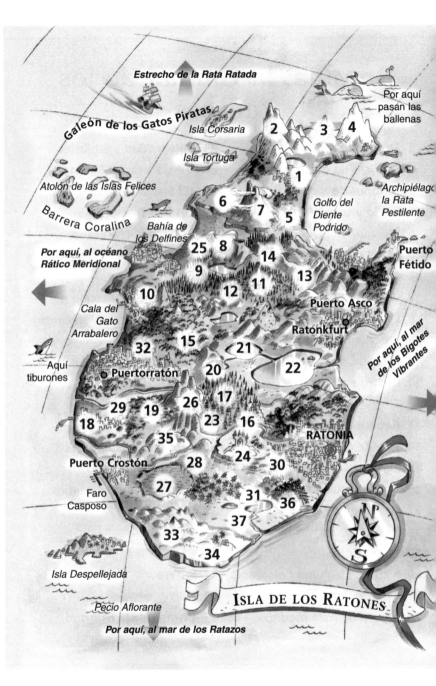

La Isla de los Ratones

1. Gran Lago Helado
2. Pico del Pelaje Helado
3. Pico Vayapedazodeglaciar
4. Pico Quetepelasdefrío
5. Ratikistán
6. Transratonia
7. Pico Vampiro
8. Volcán Ratífero
9. Lago Sulfuroso
10. Paso del Gatocansado
11. Pico Apestoso
12. Bosque Oscuro
13. Valle de los Vampiros Vanidosos
14. Pico Escalofrioso
15. Paso de la Línea de Sombra
16. Roca Tacaña
17. Parque Nacional para la Defensa de la Naturaleza
18. Las Ratoneras Marinas
19. Bosque de los Fósiles
20. Lago Lago
21. Lago Lagolago
22. Lago Lagolagolago
23. Roca Tapioca
24. Castillo Miaumiau
25. Valle de las Secuoyas Gigantes
26. Fuente Fundida
27. Ciénagas sulfurosas
28. Géiser
29. Valle de los Ratones
30. Valle de las Ratas
31. Pantano de los Mosquitos
32. Roca Cabrales
33. Desierto del Ráthara
34. Oasis del Camello Baboso
35. Cumbre Cumbrosa
36. Jungla Negra
37. Río Mosquito

Queridos amigos roedores,
hasta el próximo libro.
Otro libro morrocotudo,
palabra de Stilton, de...

Geronimo Stilton